当代诗人自选诗

露珠

老木 —— 著

图书在版编目（CIP）数据

露珠/老木著．— 北京：中国书籍出版社，2019.6

ISBN 978-7-5068-7312-3

Ⅰ．①露… Ⅱ．①老… Ⅲ．①诗集－中国－当代 Ⅳ．①I227

中国版本图书馆 CIP 数据核字（2019）第 110897 号

露　珠

老　木　著

图书策划	成晓春　崔付建
责任编辑	成晓春
责任印制	孙马飞　马　芝
出版发行	中国书籍出版社
地　　址	北京市丰台区三路居路 97 号（邮编：100073）
电　　话	（010）52257143（总编室）（010）52257140（发行部）
电子邮箱	eo@chinabp.com.cn
经　　销	全国新华书店
印　　刷	三河市华东印刷有限公司
开　　本	880 毫米 ×1230 毫米　1/32
字　　数	70 千字
印　　张	6.5
版　　次	2019 年 7 月第 1 版　2019 年 7 月第 1 次印刷
书　　号	ISBN 978-7-5068-7312-3
定　　价	45.00 元

版权所有　翻印必究

目录 / Contents

001　露　珠
002　高跟鞋
003　叶子是不会飞翔的翅膀
005　苔　藓
007　南瓜跨越篱笆
008　图　画
009　你是一颗星
010　分　离
011　诺　言
012　生命之树
014　日月同辉
016　天　色
017　椿及其他
018　苹果熟了
020　落在田里的土豆
022　秋日菊花

024　藕的遐思
026　微笑的蒲公英
028　尊重生命的独特
029　开花的季节
032　春天里
034　蜗　牛
035　螳　螂
036　蝴　蝶
037　雄　蜂
038　鸳　鸯
039　七夕的雨
041　蒲公英
042　"不同的语言体系"
043　呼号的蚂蚁
045　荨　麻
047　玉米和杂草
048　礼　物
049　拥抱快乐
050　婴儿为什么哭
051　生活都是财富
052　和而不同
053　与"独行"同行
054　秋
055　我的自由
056　生命的星球

058　影　子

060　谁在呻吟

061　搔　痒

063　没有终结

064　恬　淡

066　夏天的雨

068　走进心里

070　春　雪

072　选　择

073　伞的意义

074　夏天的日子

075　爱的回忆

076　男人　女人

077　爱　你

079　盼　望

081　秋　日

083　飞　鹤

084　九　月

086　没有你的节日

088　告　别

090　模糊的倩影

091　我像我指缝中你柔顺的秀发

094　叶落归根

095　思念是一种呼吸

096　深情地看着你

098 想　念
099 我在天上想你
101 云中的爱情
103 爱　情
104 欣赏误会
106 回　家
108 老　鹰
110 尝试起飞
111 爱的归宿
112 送　行
113 雪　花
115 寻找爱情的自由的鱼
117 染
118 竹子笋子收与留
119 向前走的象群
122 感觉·思想·表达
124 生命呼喊的声音
126 阴阳鱼
127 聪明与愚蠢
128 活得真实自然
130 心　足
132 台　阶
134 尘　土
135 清晨放牛的女孩
137 最后的雪

138 诗　人

139 诗的回归

141 诗　性

143 咕嘟　咕嘟

144 在春天里走过冬季

146 母亲节里的祝福

149 哦！我的爱人

152 我的古桥

154 我眼里的世界

155 我不想

156 夜深时

158 普洱路上

160 "四季"（组诗）

162 滇　池（组诗）

165 云南之南（组诗）

167 生活的轨迹

170 桃花源（组诗）

173 放　生（组诗）

175 春季的畅想

177 夏季里环顾

179 秋季的怀恋

181 温暖在冬季

183 彼　岸

185 我见彼岸

187 雪

188　第一缕晨曦
191　那天我懂了爱情
194　规　律
195　清明这天
198　怀念尾巴

露　珠

太阳在海面燃烧
晨风里
一滴渐瘦的露珠
一边
似昨夜留下的清泪
一边
是今朝七彩的坦途

高跟鞋

脚
辛苦地在"斜面"上
寻找重心
回到常态
又丢掉了
既有的
平衡
究竟是
心
需要那样的高度
还是
鞋
抽走了脚的灵魂

叶子是不会飞翔的翅膀

或许世上没有翅膀的时候
先有了叶子
相对着钻出地面的根
它似乎一直都在飞翔

或许因为叶子
才有了后来的鸟
让它既有根样的爪
又能够"飘"在天上

走过黑夜　走过白天
树根没有"永恒"的梦想
飞过高山　飞过河流
鸟儿没有"超越"的奢望

发生过　发生着　还会继续发生
生命的灵魂决定躯壳的外象
快乐或忧郁的各色眼镜
改不了原本的模样

苔 藓

时尚的脚步
把你从人们的视线中推远
刻意栽培的花草
早在街头巷尾笑得灿烂

不羡慕"克隆""保鲜"
那些时尚的科学
属于你的是郊外的石阶
还有寂静的田园

学会漠视世人的漠视
学会淡然俗尘的淡然
用你簇簇湛绿的芽叶
尽显你天就的繁殖心愿

面对繁华的喧嚣

你默然微笑

以不畏冰雪的品质

宣示"自我"的尊严

南瓜跨越篱笆

如今的篱笆
只是一种象征
南瓜的跨越
是件极其简单的事情

只是从此
再无打杈　压蔓　掐头
毫无拘束
尽兴滋生

满眼茂密的绿叶
夏季四处繁衍的黄花
只是秋天
什么也收获不下

图 画

耆——
鸟儿为什么来
犁铧侧牛蹄旁
小虫儿密麻麻

耆——
鸟儿为什么去
睡醒的狗儿
蹿出了葡萄架

耆—— 耆——
鸟儿飞来飞去
翁燃斗 牛反刍
塘边鸣蝉蛙

你是一颗星

夜晚
静静地
你眨着眼睛
一如满怀深情的精灵

白天
无声地
你也在闪光
只是我没有遥视的眼睛

分　离

断开的磁铁

永远再难相吸

那是在结构上

出现了相互排斥的"心力"

断开的柳枝

却能及时接起

那是在相互的体内

存有愈合的机理

分离的恋人

手捧爱恨交织的对立

那是曾经的情感

还没有真的远离

诺　言

终于找到了诺言
但却不知道
该把它
寄向哪里

恰似一本年度日历
时间规定了
只可用
一段日期

生命之树
——简洁而平衡

时光如箭
转瞬而过
又怎是可以
弹指一挥
能够了断
生命的季风
吹走了爱恋和憎恨
希望与悲伤
只留下
少时的淳朴与单纯
如生于泥土下的根

欲念功名
如绚丽的花叶
秋风里早已退去

沉寂在
泥泞的冰雪中
留给我们的
只有筋脉般
记忆的枝干
真实如斯
简洁而平衡

日月同辉

东面初升的旭日
含蓄着澎湃的阳刚
残月西沉的情绪
含混着轻软的阴柔

仲秋清晨
淡雅着清廖
沉寂着忧郁
孕育着希望
欢愉着丰足

绵羊般的云朵
牵着温柔微凉的风
泼墨般的野花
黄蓝了蟋蟀的吟唱
片片的农舍谷田

浸泡着神秘的影韵

层层的山林溪水

绰约着薄雾的诱惑

由混沌灰暗

到清澈光明

聚在这短短的一刻时辰

——日月同辉

究竟如何才是恰巧适当的度

——日月同辉

究竟怎样才是天设地造的缘

天　色
——写在雪后日出的日子

不是万米高处
舷窗外的那种纯粹
而是如此柔软的坚韧
这样随形的凝重

震撼人心的
是辽阔而宁静的庄严
令人流连的
是原始又奔放的纯清

最好衬上淡白的云朵和浪花
加上空谷的莺唱与蝉鸣
还要霞霭中的鸬鹚和飞燕
当然不能少带青草味谊的微风

椿及其他

茎秆　如此相似
叶片　近乎雷同
只是　尝或嗅的一刻
发现　本质的异迥

一如　演奏相同曲目的两件乐器
不是　任何随意的搭配
都能　都能合成悦耳的声音
和谐　源自天然的相嵌
恰巧　相逢的概率
只能　听凭机遇和运程

苹果熟了

日暖风爽的秋天
路边苹果熟了
每当从一旁经过
都感觉沐浴着香甜

没有丁香的气味浓烈
却感到温馨与眷恋
没有花朵的婀娜
却绰约着成熟的安娴

清晨的凉露中
摇曳着收获的欢愉
傍晚的薄雾里
熨帖出渐深的红艳

有的还在枝头翘首
诉说着被冷漠的幽情
有的却已投身大地
了却已经疲惫的期盼

人们时尚在城市
喜爱正在怒放的花篮
忘记享受成熟的甜美
无视落果时节的清残

苹果熟了
被忽略的生命慨叹
究竟是谁在作祟
把成就的甘甜疏远

落在田里的土豆

土豆落在田里
没有加入被收获的集体
一会儿觉得孤独悲哀
一会儿感到私下窃喜

没有了昔日的拥挤
轻松很快变成了落寂
不用再争抢肥料
独享霎时便显得毫无意义

雁阵南行的羽声中
一柄鸿毛落在心秤上权衡
选择面对刀俎的惨烈
还是被人遗忘的恐惧

土豆落在了田里
显然要自己面对未来
更意味着
要独自承担过去

秋日菊花

秋日温柔的风
恰似傍晚
这暖暖的夕阳
明亮而不耀眼
犹如一条幽润流动的小溪
像街上女人们臂膀上的光晕

秋菊灿烂地微笑
不经意间
天边悄然落下微凉未冷的露水
晚风摇曳着早晨的希望
似一首悠扬缓慢的长歌
欢乐未及称量

蜜蜂跌落在花丛里
欲飞还坠的时候

看见了花朵的背面
———条条隆起的筋脉
坚韧地支撑着美丽
听见"还是没人来摘"的叹息

藕的遐思

潜在冰凉的深处
自以为看穿了混沌的世界
难忍浮萍的骄傲显耀
于是射出一支利箭
冲
出
水
面
绽开出无以超越的花朵

谁又知道
给了它生命的泥
养育了水中的万物
却把自己
深
深

掩
藏
坦然地保持缄默

微笑的蒲公英

蒲公英你又开了
天阴细雨的时节
气氛有些抑郁
而你却依旧开得清清纯纯

花瓣上的欲落的水滴
晶莹得像极了水晶
不会让人想到泪
那是因为你笑得如此天真

希望你宽恕我
开着割草机从你头上碾过
请原谅我的鲁莽无奈
那是人类美的标准的过错

你既不悲伤气愤
也无鄙视不屑
就那样平平常常地笑着
一如静静拈花的佛

也许你一早什么都知道的
只是对爱恨情仇已不再计较
犹自坦然地——微笑
示我以平淡的"常"心

尊重生命的独特

按照心的指挥
沿着自己熟悉的路走
才能找到"家"
生命本是各自独特的
时尚却是轮番盛开的花
紧追在后面总是难堪

按照心的指挥
走自己熟悉的路
哪怕只做田地一角的细草
园子里不必都是牡丹
因为牡丹不开的季节
必有别的生命显现

开花的季节
——听听花儿怎么说

花朵开在树上
是树在笑吗
花瓣落入草丛
是草在哭吗

花开在水面
是因为清高吗
花开在悬崖
是因为孤傲吗

水底下
花也开
山阴处
花也开

人的赞羡
花儿可知吗
人的感叹
花儿可解吗

花儿痴然不语
嫣而不语
花儿淡然不语
靥而不语

蜜蜂来了
依然不语
蝴蝶来了
仍然不语

人来了
花儿不语
神来了
花儿还是不语

它羞羞微笑
我在爱
它淡淡微笑
我在繁殖

我正无思无想

走过我生命的必然

除此之外

没有别的意义

春天里

有的花不香
有的花不鲜艳
有的花不美
可它们都要绽开

等待蜜蜂的心情
都是一样
呵护胚胎的神情
也没有差别

落花与开花不同
些许落寞
却也没有了
争艳的烦恼

怀里的"孩子"不能挑拣

不像蓓蕾的时候

有很多机遇

可以选择

蜗　牛
——等待

背负着原则
承载着安全
牵引着利益
敏感的爱情触角拂来扫去
焦灼的等待却踽然独行
留下身后长长一路
白色郁闷眼泪的痕迹

螳 螂
——激情

生就一身强悍筋骨

天然秉性刚毅

大刀阔斧的本来脾气

尽管知道爱途的险恶

毅然毫不退缩地俯身下去

纵然只剩下残肢败翼

也自豪利刃相交的生命乐曲

蝴 蝶
——天性

贪婪地寻找色彩
痴迷地觅觅香气
舍命地挥舞着美丽
为了心中的期待
披一身绚烂的彩衣
迷人的羽翼之下
是自己冰凉①的身体

---

① 蝴蝶是冷血动物。

雄　蜂
　　——另一种生命

生来为了享乐
活着只求风流
天然的自暴自弃
"矜持良心多么劳累
揽一头责任又是何必"
既然上帝给了声色命运
能快乐时且得意

鸳 鸯
—— 爱的神话

在地偕首戏水
在天双飞比翼
都说是恩爱夫妻
有谁知道尴尬的秘密
雏鸟儿刚刚睁开眼睛
——爱情的千年神话
只剩一壳焦脆的外皮

七夕的雨

这一天的雨
似乎带了很多寓意
它来自天
落到地

相逢的惊喜
相拥的快乐
相疑的疲惫
相别的失落

有多少情感的境遇
就有多少异样的唏嘘
我猜
它不只在最初的秋季

生命的花朵春天里必然绽开
而那甜蜜的果实
全仗不可测的蜜蜂蝴蝶孕育
最后拉上帷幕的定是秋雨

我不会想
这雨是为无果的落花悲戚
也不会想
这雨是孤独果实的泪滴

我愿意把这雨
看成一场洗礼
用它涤去夏日的喧嚣
滋润才播下不久的秋菊

七夕的雨
除了快乐和悲伤
还有悄悄的　悄悄的
萌发和孕育

蒲公英

若不是被我看见
你不是白开了么
你说已经开了一千年

我说我会继续行脚
你说带上我吧
我不要再等

说着话的时候
蜜蜂来了
我听见你对蜜蜂说了同样的话

"不同的语言体系"

两手各持自一把
锋利的刀片
交互较量
两只手却发现
是一只刀螂的两个臂膀

疲惫后
清醒了
晃晃脑袋细想
才觉出
全是内伤

呼号的蚂蚁

一些蚂蚁在呼号
指向青天的
是它嘴侧的触角
另外一些"同胞"
低头嗑着
淡黄色的"蛋"

天空中
一节抛出去的朽木
如同一个问号
把呼号的蚂蚁们
划成一条
断断续续的疑问虚线

挖出宿根的农夫
无意顾及身后

低头继续

用力蹬着铁锹

显然呼号的蚂蚁

与他无关

荨 麻[1]
——扎人草

叶子与人参相仿
却如同树上的"杨剌子"[2]
或大海里的海蜇
扎人
麻飕飕刺痛又有些痒

迅速生长的力量
发达的根　不畏旱涝
任何残部都能再生
因此
成为园中的最忌

---

[1] 荨麻,雌雄同株或异株、叶对生、齿缘、有蜇毛。
[2] 类似松毛虫,一种长满蜇人密毛的软件虫子。学名:剌蛾幼虫。

一老人请试为菜
告此草舒筋　活血　祛风
更养肝　明目　利湿
显然
成见源自偏颇错觉

旺盛的生命力
奇异巨大的能量
联想到阴阳　八卦　易数
中医
或许就这样从直觉开始

玉米和杂草
——草的悲哀

锄了两遍草
玉米有人样高了
叶子的锯缘开始拒绝
好心的锄草人

玉米下的草没了阳光
就连天上落下的雨滴
也被重重的叶子拦住
灌到自己根上

曾经受保护的
有一天会剥夺别个
有个叫什么尔文的家伙
说这是竞争的必然结果

礼　物

喜欢笑容
应该远胜过金币
金币
象征交换的工具
笑容
是心灵之间的鼓励
一方是物质的满足
一方是精神的慰藉

拥抱快乐

选择幸福本身
也就选择了痛苦
它像硬币的另一面
就在幸福背后
当你满怀拥抱快乐的时候
浑然不觉
手心里
正是烦愁

婴儿为什么哭

婴儿为什么哭
况且才刚刚获得个体的自由

"是开始苦恼人生的哀鸣"
"是诉说生产过程的痛苦"

"是面对茫然未来的恐惧"
"是不甘心走上死亡的路"

其实只有孩子自己清楚
是没有了原本紧紧的束缚

生活都是财富

如飞沙
掩埋记忆的凹凸
如流水
填平情感的坎丘
多少伤痛　幸福
多少爱恨　情仇
许多年过去
时间老人长袖轻轻一拂
蓦然回首
生命里竟都是收获
就连许多不堪
都是财富

和而不同

放下酒杯
心对着口
为小人
未必同而不和

掷完骰子
口对着心
是君子
难言和而不同

与"独行"同行

独行在
独行的感觉上
左边是寂寞
右边是彷徨

秋

快乐在哭
诉说被主人抛弃
忧愁荡在秋千上
嫣然嬉戏

树叶落下
实在忍不住惊奇：
"你们本是
孪生兄弟"

谁料它们
齐声回答：
"你可体察
当下的节气"

我的自由

我不是飞鸟
却要体味
鸟儿在天上那无拘无束的自由

我不是游鱼
却想感受
鱼儿在水中被紧紧包裹的舒服

我是独行者
不畏惧诧异的目光
在我身后踟蹰

我是夜行人
总是在云暗风高的时刻
独自沉声低吼

生命的星球

生命的星球

旋转

难规算

正圆与椭圆

分不清

正转和反转

磁的两极

电的两端

永恒变化着吸引与排斥

瞬间成就着隔阂与牵连

广袤的天宇

茫茫的星汉

对面相逢

是多么难得的机遇

闪光碰撞

是怎样不期的偶然

你我各自的轨道
早早决定了未来
同行还是分帆
纵然千恩万恨
我佛慈悲：
是缘

影　子

不知为什么
我总在你身上看到一个影子
忧郁的影子
即便在你"开怀大笑"的时候

影子像一把锁
由生活的灰烬一重重铸就
就那样
锁住你快乐的门

也许这些沉积的灰色
正是你修炼的机缘
砥刃的砺石
也是你终生的财富

好像一把蛾眉利斧

将锁的影子斩除

尽管天父不让远望

只许脸挨着泥土诅咒

谁在呻吟

呼——
箭矢穿过时空
不知谁在呻吟

呼——
春花跌入水流
不知谁在呻吟

呼——
痛苦遭遇爱情
不知谁在呻吟

搔　痒
　　——感怀山西话剧《立秋》

从《立秋》落下的帷幕前
回顾《渴望》
二十几年春秋
我们想要收获的还是理想

吃得好了
还是那样的胃肠
穿得靓了
依旧是一袭衣裳

多了存折上的数位
多了新装修的楼房
身下的轮子多了两个
手里的电话彩铃鸣响

然而
女人还是流泪男人还是忧伤
就像人的手臂结构
永远自己搔不到
肩胛骨那里的痒。

没有终结

如同时间不可间断
终结就只是一种错觉
把那流星的一闪
定格成记忆里的永远

终结的只是感觉的某个片段
虽然可以撕心裂肺
而那不过是整圈拷贝中
一个转瞬即逝的画面

生命的DNA多像钻头
有那样一对旋转的伙伴
有高有低有快乐也有苦难
恰如日月山水节气流年不停变幻

恬　淡
——与轮回话恬淡

好端端地活着/望一会儿天空/想一会儿海/阴天的时候/穿一件鲜红的衬衣

快乐是一种习惯/完全可以没有来由/车窗外的景色自自然然/目的地是有的/但不想目的地的事情。

喜欢末两句，直白里蕴藏一种状态，值得玩味。相和如下：

通常
淡然是无色的
源自心神的放飞

有时
淡然是酸涩的
来自无奈的追悔

只当
恬淡是快乐的
定来自超然的聪慧

夏天的雨

一样的夏
却不是一样的景致
都有白云
今日的蓝天却分外深邃

一样的雨
却不是一样的落法
都有闪电
当下的雨丝竟别样细腻

跌碎的雷
挣扎起串串不甘的水泡
曾经的雄心
散落一地难以拾起

夕阳烂漫

绿草红花依旧覆盖着黑土

只一双眼睛

看得出曾经的点点痕迹

走进心里
——哲学一如契友

像一柄上古残缺的犁坚实地嵌入土地
尽管锈渍斑斑却依然锋利
翻开青铜般的泥土
给我看千年的陈迹
你　就这样走进我的心里

像一夜细蒙蒙的秋雨
雾一般淅淅沥沥
虽然寒意阵阵却透彻心扉
裁判着千百万牲灵的生息
你　就这样走进我的心里

像一片彩色云霓
于无边的天际自在游弋
看去虚幻缥缈　感觉却真实清晰

历遍沧桑探究悟善归道至理
你　就这样走进我的心里

春　雪
　　——晒雪，在四月里少见而令人忧郁。

乘着高高阳光
你悠然飘下
节奏显得些许诡异
一如黑光舞剧中的弧步

草地湿漉漉的
你踌躇在叶梢上涅槃
讪笑而不甘的牺牲样式
恍若神秘而诡异的魔术

带着阿尔卑斯亘古的永恒
你歌颂着古老的恬静
却在落地的瞬间
把生命化成最平凡的水

你以勇敢的诀别
表达柔软中的坚毅
自别于衰草败叶
守住灵魂羽毛的纯洁

看着飘在春日艳阳下的你
我如手执断线的放飞者
内中戚然
满心泥泞

选　择
——奉给忘却时间的朋友

黑暗伸出手
黎明伸出手
你需要选择

痛苦伸出手
快乐伸出手
你应该选择

温暖伸出手
寒冷伸出手
你懂得选择

月亮伸出手
太阳伸出手
……
你将无从选择

伞的意义

阳光下
遮阴的作用是完美的
风雨下
则没那么确定
特别是
暴风骤雨来的时候
只剩下
一点可怜的象征

夏天的日子

夏天
天长夜短
采阳补阴的时段
遍野的花朵
女人们光鲜起来
招引蜜蜂蝴蝶
朝阳如火　残阳如血
雷雨时时洗刷旧时痕迹
抹去痛处的伤痕
让下一个日子
全新开始
期待金秋收获的人们
根本顾不得
思考物极必反的结果

爱的回忆

我是墨蓝色的天空
月亮
是爱人缠绵的眼睛
嵌入怀抱的时刻
喜泪飞溅
撒下漫天繁星
闪烁着
爱的永恒
寒来暑往
云翳淡去
那点滴陨落的
恰似往事踪影

男人　女人

男人
虽然只有三岁
就喜欢被人崇拜　臣服

女人
即使过了八十
仍愿意受人呵护　眷顾

天地
已决定了他们
天南地北地分成男女两群

上帝
教会他们游戏
分——合　合——分

爱 你
——女人的卵子效应

因为我爱了你
所以你已不是原来的你
你已经成了一个部分
我们已经结合为一体

晚风
从你身边的我的心抚起
心情
随依着你的我的意失迷

分开就是把完整的性命
劈成两半
谁又如何能够
担待得起

哪怕一分一秒
不可分离
管你是烦是腻
因为爱你

盼　望

盼望一双眼睛
如电光一般犀利
刹那间
把我心中的羞涩剥离

盼望一双大手
如火炉一样温暖
转瞬之间
把我心中的犹豫拂去

盼望一声耳语
如同上帝的呼唤
顷刻之间
把我沉坠的灵魂托起

盼望一环臂膀
如同生命的索链
永生永世
就这样熔后重铸在一起

秋　日

秋雾之后的晴天
比一直阳光灿烂的更美
秋雨过后的微风
比平日里的越加甘甜

月圆风轻
田野里一派成熟的韵味
为记忆打下温暖的神秘底色
又把枝头鲜艳的果实镶嵌

落叶秋水
静谧的心园中
黎明带着你甜美的凝视
黄昏带着你忘情的笑脸

山顶上圆圆缺缺的明月

有欢乐也有痛苦

草尖上泪珠一样的露滴

有郁闷也有欢颜

那园中的紫藤与古树

千年相随　愈缠愈紧

大地深处根也缕缕相系

表不尽那份终老不变的情缘

飞 鹤

浮在云间
你只显出
两排墨色的羽稍
和颈项上那点嫣红

仰天长鸣
你歌唱着
生活的快乐自由
交颈享受此刻温馨

黑白阴阳
痛苦欢乐
展现火一般的爱情
温暖心田照亮生命

九 月

你炫目地摇曳着飘落
温润的红黄颜色
在墨绿色的溪流中
唱着成熟的歌
恰如树上的果子已经甜蜜
落地的核桃已经充实
遍野的稻菽已经低头
……

伤怀秋雨的时候
菊花已悄然开满篱畔
忧郁肃杀的日子
霜花正隆重挂上枝头
在这老去的时光里
草地可以枯黄
大雁可以离去

而我却会与你一起
月下举杯
畅怀今日
相约来秋

没有你的节日

月把我影子投向石阶
印证我曲折的人生
让它陪伴着我的孤独
一如我正陪伴着孤独的你

穿过要捧住它的我的十指
月把那青色的手影抛向地面
好似要在那秋露濡湿处
找出我遗失了的青春

万众挥霍的夜晚
月把世界万物鎏银
笑颜擎起的杯中
却满都是思念的忧伤

田野里有歌唱的秋蛰吗
为什么耳畔满是哀愁与衰颓
西风在抽取草茎的汁液吗
寒意正一步步逼近

没有你的圆月
比平日更加清冷
寂寥与仓皇
比秋寒更难担承

举杯望月的一刻
多想分辨出哪束正连着你我
好让我低头的时候
把你微笑的模样印在心中……

告 别

在你的笑眼里
我看见了你在告别
跟我告别
缠缠绵绵地告别

在柔声的安慰里
我听见了你在告别
跟自己告别
丝丝缕缕地告别

在互不问候的夜晚
我觉到了你在告别
跟心告别
牵牵络络地告别

在寂寞的尽头
我体验到了真的告别
跟告别告别
清清静静再不告别

模糊的倩影

你是长长鹅毛笔般的凤尾竹吗
江边蘸着仲秋溢满晚霞的彩墨
秋水中书写悸动的音符
多想让你看看我汗津津的手掌
手心里正融化着你的名字
恰似晚风吹皱了江水中你婀娜的倩影

我像我指缝中你柔顺的秀发

十一月

是些遗失了花香的日子

西风在夜里

正一点点抽离

万物的热情

十一月

不甘的种子

虽不会放弃希望

然而机遇

却扎下了无奈的根

漂泊的

不仅仅是心中的落寞

还有无处歇息翅膀的生命

十字路口的旋风里

多少"最后的叶子"偶遇

惺惺相惜

却难互诉钟情

于是

十一月的白天

就跟黑夜一样暗淡

视线模糊

还有说不清楚的寒冷

只有那思念的点点星光

给人信心继续前行

十一月

一个临近转折的回望

是这样纠结凝重

是如此匆忙不停

谁又知浮叶下的秋水

不是带着希望悄悄沉淀

在这定然沉寂的季节

积蓄力量期待它日的新生

十一月里

我像我指缝中你柔顺的秀发

可以无限温柔地深情抚慰

但是可惜

既不可真正拥有
也不能既往同行

叶落归根

叶落归根
叶子本是根的部分
无论飘扬在梢头
还是落入泥土
它们从来没有离分

牵手的时刻
是生命狂欢的节日
就算生命随季节逝去
爱的回忆
也将在心灵的深处栖居

思念是一种呼吸

思念是一种无声的呼吸
生命的触角在呼吸中游移
内心像天空一样辽阔
双足却在咫尺间踽踽

相逢　分手　巧合　遭际
都是不一样独特的生命
都有不一样独特的轨迹
那呼吸里　都是情感　没有空气

星球的碰撞从来没有计划
是非对错也无从算计
客观、坦然不需要标尺
感觉幸福就是生命的真谛

深情地看着你
——父亲

在老巢里
我深情地看着你飞
因为那是我一直的愿望
我自会整理残破的羽毛
休息哺育的疲惫

在溪水边
我深情地看着你游
因为那是我一直的愿望
我自会收拾杂乱的胎衣
留下透彻的清水

在岩缝内
我深情地看着你走
因为那是我一直的愿望

我自会张大开裂的后背
用残余的躯体给你最后的慰藉

心灵深处
我会执着地看着你
因为那是我一直的愿望
我自会梳理延绵的思绪
让你的离去成为来归

想　念

想念是天边的晚霞吗
想念是春日的细雨吗
想念是河边的篝火吗
想念是雾后的彩虹吗
想念是林中的清泉吗

想念是大海
是千万重浪花的沉淀
想念是山岭
是深怀深处的牵念
想念是相谐灵魂的握手
……

我在天上想你

我对你说
爱的美好
因为它在形而上的高处
享受无拘无束的自由
形而下的生活
处处都布满泥坑

你说你不要那些
看不见的虚幻东西
你要专注　唯一
要抓得住摸得着的那些
于是这份纠结
变成了深切的痛

如今我来到了天上
像吴刚一样想你

竟比执手相望更加深切动情
似乎我们从未如此走近
不是触觉
而是心灵

云中的爱情

这回
飞机的轮子长在了翅膀上
引我想起
那好比鸟的两条腿
它们以跑助飞

最后
让能够带着我们
走在世俗生活中的理性
在爱情轰然升天之后
悄悄收起

本想
飞在高处遥看你的模样
看看爱能被拽得多长
幔一般厚厚的云浪

把一切遮蔽

于是
我用思念轻轻撩开云的一角
好让阳光照在你身上
从此你的天空
不再下雨

爱 情

极尽了缠绵如歌
慵懒着释放的欢娱
于是　便有了
疲惫的快乐
幸福的痛苦

决绝了爱恋旧故
浸渍着压抑的寂寞
于是　便有了
快乐的疲惫
痛苦的幸福

欣赏误会

雨水打湿了燕子的翅膀
落在廊前理毛梳妆
老妪颤巍巍捧来
半瓢清水　一掬粟粮
四目相望
称得几分惜惶
燕子啾啾
老妪苍苍

老妇不要燕子久栖垂朽的梁柱
不再展开
飞翔的翅膀
燕子怕老妪不舍
怕生生的别离
让老人独自忧伤
燕子啾啾

老妪苍苍

廊前雨帘里的图景
让看客嗟叹情殇
琴瑟　诗词　细雨
难表心中惆怅
原来爱的误会
可以是伤害
还能够欣赏

回 家
——给受伤走在情感夜暗里的朋友

我回家
回曾经的家
枝头秋叶渐枯
依旧"掌声"喧哗

我寻找
寻找曾经的爱情
旧时林间小径
月影斑驳如花

我迷茫
春去花不再开
寒屋乍暖时候
清冷冻馁"心芽"

我开窗
开关闭已久的窗
阳光涌进来
远空漫天朝霞

老　鹰
　　送给正受癌病威胁的朋友
　　——一个自称"老鹰"的人

老鹰在天上飞
从不畏惧地上的河流
河流阻挡不住翅膀
虽可以隔断脚步

河的这边
是出生
对岸
便是归宿

老鹰在天上飞
一次次掠过生死
于是　成就了
不畏死亡的永生

生活真美好

祝福你

谢谢你

尝试起飞

我小心地扇动着翅膀
尝试脱离
带些勇敢的犹豫

我惶恐地伸展灵魂
想尝试新意
又纠结于迷茫和恐惧

虽不确定前方的命运
但我愿勇敢地走进雷雨
去寻找风暴后彩虹的美丽

爱的归宿

爱傍晚阳光下的青草
爱那悠然温润的光线
不愠不躁
柔和又温暖

爱走过和没走过的路桥
爱抚过和没抚过的栏杆
昨天今日
苦乐和酸甜

爱落叶铺满的幽静小路
爱沧桑皲裂的青色树干
归去来兮
快乐在心田

送 行
——一文友与欺骗她的男友分别,
问该持什么态度

给人送行
因为人总是要走
无论远走
还是永远地走

如同对待表演者
总有表现好坏的差异
给他鼓掌
留给自己一份善意

有了这样的惯性
到自己谢幕的时候
你会听到
背后令人留恋的掌声

雪 花

雪花
像白梅
晶莹而缓缓落下
我知道
它是一颗心
一朵需要温暖的花
这样的心
我把它放在哪儿呢
怀里、口里
怕它化了
盘里、钵里
怕它撒了
留在严寒里
又怕它凄凉孤单了

手机传来

一幅爱人发来的美照

倏然想起

把它拍下来

留在世间

——印在心里

寻找爱情的自由的鱼
——送给在网上寻找爱的人们

柳雀儿的窝在塘边的树上
闲来无事四下张望
看不惯水面上吐泡的鱼
要爱就像荷苞上的蜻蜓
找到心上人
就毫不犹豫
走在一起
干吗一天嘟着
湿漉漉
索吻似的嘴
来来去去
播撒诱惑的信息

鱼儿不在意柳雀儿的眼神
看似自在悠闲

其实内心寂寞地待在水里
心想鸟儿不知道水里的感觉
因为它只会飞在天上
根本不知道不同地方的危机
并非想去的地方
都足够安全
更有难堪的经验和伤怀的过去
水深之处不但缺氧
黑暗之外
还有难言的孤独凉意

染

秋染一地黄

春染一地绿

太阳染一山金

月亮染一湖银

爱情——染了你满心欢喜

别离——染了我一腔柔情

竹子笋子收与留

期待明天温暖的怀抱
忘却昨晚冰冷的离弃
希望与经验搏击
矛盾、纠缠
感觉与理性
混沌不清

抛开盖脸的酒
不见直觉的激情
即便钱再多、妆再浓
没有心灵的拥抱
其他任多少
都是无用

向前走的象群

象群朝前走
精壮的在前在后
中间是老弱孕孺

象群朝前走
走过快乐的春日
走过寥落的暮秋
生命在时间上划过痕迹
时间在生命里写下音符

象群朝前走
一路上
迎接新生命的诞生
送别老伙伴的离去
无论前面
怎样的心境

何种的道路
象群必须朝前走
象群只能朝前走

象群朝前走
那悄然离去的老弱
不愿意拖累别个
会默默地诀别
留下绵绵的思念与祝福
陪伴象群继续朝前走
然而
象群必须朝前走
象群只能朝前走

象群朝前走
在告别的一刻
没有叹息
没有拥抱
没有祝愿
没有挽留
就这样
象群必须朝前走
象群只能朝前走

象群朝前走
眼中的泪水
带着深深地沉默
沉默在象群的行走中
沉默在回忆的心口
定格的对望
慢摇的相守
然而
象群必须朝前走
象群只能朝前走

那留恋脚步的瞬间停顿
便是永恒

感觉·思想·表达

语言是思想云层的雨滴
有一些落下来
更多的飘走无影无息
犹如我要用诗歌表达情感
许多许多可意会的心情
却不能用语言传递

思想里充斥的感觉像造雨的雾气
越过横亘在中间的思想
我不知道表达的雨滴里
还有多少感觉的云霓
有限的字词中
有多少直觉的雨霁

如同我
可怜的诗句

说不出感受的万一
恰似我贫乏的双手
能握住多少
漫天的空气

我试着从字词中挖掘思想
从思想中探索直觉
在意识的隧道里回溯
在表达的空间寻觅
雨滴、雪花、冰雹
——河流、大海

于是我开始喜欢
词语表现给我的残缺
我开始欣赏
残缺带来的神秘
让我在雨滴中
遇见海

生命呼喊的声音

清晨泛红的阳光
斜射进晦暗的房间
曦照里一粒漂浮着的尘埃
我听到了生命呼喊的声音

草尖上晶莹的露珠
微风中微微摇摆
挥动着弯弯精致的彩虹
我听到了生命呼喊的声音

马拉松终点前
已经甩脱了困顿与疲惫
只留下单调重复的步伐
我听到了生命呼喊的声音

尸卷横陈的街巷
满眼是倒塌的废墟
空气中充满死亡的气味
我听到了生命呼喊的声

襁褓里较弱的婴儿
一双难以名状的眼睛
那纯真的笑靥里
我听到了生命呼喊的声音

母亲离开的时刻
远方的孩子未在身边
内心依然有疼痛与苦难
我听到了生命呼喊的声音

生命在呼喊
我们却很少听见
或许另有一个时空
让人听得见生命的呼唤

阴阳鱼

黑白缠绕着
扭结成
相互融合的整体
生命正从生死的
缝隙间悄悄（攀缘）诞生

黑白之间
那条神秘
又万能的曲线
正孕育着
爱的火红

聪明与愚蠢

成功令人敬佩
其实
人们敬佩的
是背后的聪明
更令人敬佩的
是真诚地用自己的灵慧
证明别人比自己高明

错误令人惋惜
其实
人们惋惜的
是背后的愚蠢
更令人惋惜的
是错误地用自己的蠢钝
证明别人比自己更笨

活得真实自然
——清晨变光灯下的猫眼

醒来开灯"看"书
猫咪凑热闹外加取暖
灯是变光的
陡然打开
小猫排斥般地摇摇头
把灯慢慢逐渐开启
猫那眼睛的瞳仁
——正圆　椭圆　倒三角……
直到眯成一条分隔线
发现它眼睛奇异的变幻
于是与它调笑闹玩
再试　依然
再试　亦然
几番又几番

咪咪不会甩脸子生气

也不会埋怨调侃

就那么纯纯地反应

晃头、眨睑、变眼

感觉不舒服就跳向一边

它不分好与坏

不分对与错

甚至没有任何情绪的表现

它不就是一个老子吗

它不关心外部的评价

不把价值的繁累

诉诸文字语言

它只重视内在

——生命直觉的体验

于是

活得真实

活得自然

心　足

善恶在你的两侧
看你如何适从
手中的舵轮
向左还是向右

机遇在您的身边
看你怎样捕捉
脚下的道路
前进还是退后

爱人在你的心里
看你如何追求
心中的称量
快乐还是痛苦

智慧在你的手边
看你如何自处
心志的深处
混沌还是觉悟

台 阶

有些台阶
不能轻易上
因为一旦上去
就很难下场

吃惯了海鲜的嘴
再难咽下菜蔬与粟粮
坐惯了四个轮子
怎可再骑在两轮之上

享受过缠绵的夜晚
何以忍受冷落的空床
尝试了忘情的拥抱
怎耐得孤独的恐慌

有过走入心灵的时刻
再难忍麻木的彷徨
见证过无私的友谊
岂能容虚伪奸佞

尽管台阶难上
尽管难以下场
毕竟全是生命的财富
如何都是灵魂的食粮

尘 土

我的生命是飞扬
漫天地飞扬
然后落在
车上　脚上
借此我可以远远离开
这坠落花朵的墓场
不再为
爱的凋零忧伤

我的生命是飞扬
漫天地飞扬
然后落在
山上　水里
借此我可以悄悄沉下
这喧嚣躁动的心绪
不再为
爱的创伤惆怅

清晨放牛的女孩

——车过湖南乡野,清晨薄雾中,牛儿悠闲地甩着尾巴,放牛的女孩麻木而空洞地望着飞奔的列车……

清晨
田间放牛的女孩
仰望着
北去的列车
牛蹄深深地陷入
禾田浑浊的泥水
牛嘴咀嚼着它的生活
无神地瞄着近前的草
它是在出神思虑
还是想跨一步
——咬下眼前的嫩苗

清晨
田间放牛的女孩
撑起了
一把旧油伞
天只是有些阴沉
一些淡淡的雾气
女孩是要用伞
阻隔晦暗的命运
还是要借着它
——飞向遥远的海角

清晨
田间放牛的女孩……

最后的雪
——百年期盼

但愿是最后的
毕竟已是阳春三月
故乡的今天
正是植树季节

压抑已经足够
寂静已经太多
春天的花儿要开
只待雪花的凋谢

白色覆盖的梦里
根在不屈地掘进
芽在顽强地伸展
生命准备着另一个世界

诗　人
——雪后檐挂五尺流凌的早晨有感

诗是寒冷存在屋檐上的流凌
心里面
一万朵雪花柔软的生命
尖锐无比的喙　又冷又硬

人是怀着温度的风
手里头
一柄无情的文明手杖
内中却怀着万般的柔情

诗人是用手杖击落流凌的家伙
刹那间
晶莹的细屑散落一地
乍看是碎玉　细看时早已四处空空

诗的回归

如果
语言的羽毛
不能
再承载更多思想
如同
天上落下的雨滴
只能
回归扬尘的土地
于是
没有阳光的日子
诗歌
成为心灵的污泥

如果
诗歌的语言
不能

再启迪人们的灵慧

如同

地下的水汽向上蒸腾

只能

选择汇聚天空

于是

没有了月光的夜晚

诗歌

只能踉跄着返回土地

诗　性

——无论现代诗还是其他诗，是诗就该感人。

我们爱

我们恨

徘徊的是我们的灵魂

我们舞蹈

我们歌唱

悸动的是我们的灵魂

我们付出关切

我们收获爱心

温暖的是我们的灵魂

我们赞美　感叹

我们恐惧　惊骇

震颤的是我们的灵魂

我们的灵魂闪烁

于是得到诗歌

灵魂的光影就有了外壳

咕嘟　咕嘟
　　——时尚及衍生物

咕嘟　咕嘟
瓶子底端朝上
要赶快处理倾泻物

咕嘟　咕嘟
瓶子喘息　叹气
不由得吞吞吐吐

咕嘟　咕嘟
水花骄傲地飞溅
要把平缓的静流比输

咕嘟　咕嘟
夸张的声响动作
却没见更多的水流出。

在春天里走过冬季
——怀念冬季

苏醒的春
咬着冬的尾巴
最后的雪
还没有融化
太阳
已经很暖
花草
却还没有露芽

那边
枝头疲惫的花尸
尚未掉落
对生活
已经绝望

这边
野兔、鸟儿、鹿儿
甚至昆虫
已开始为繁衍
四处奔忙

恍惚间
似听见了春的脚步
而灵魂
还抱着瑟瑟的双肩
在春寒中徘徊
心中
企盼明朝的春风
身体
还留着昨日的寒意

就这样
在春天里走过冬季

母亲节里的祝福
——*母亲节里放生*

作为母亲
带着你腹中的孩子走吧
或许你正想着
赶紧捉些苍蝇蚊虫
积蓄些繁殖的体力
为产后的困难期储备些能量
是那只四蹄踏雪的黑猫
还是天上频频来去的飞鸟
让你慌不择路
落入这直削似的洞穴
不知你在这困境中已经多久
正午的太阳又这样毒

或许平日里
这点高低对你不算什么

可今天

你丢了尾巴

无力无助

大腹便便

走路都这样缓慢踟蹰

两个前肢扶向坑壁

双眼期盼地望着

飘着轻柔白云的天幕

——或许你在想

那准备好了的放卵的窝

或许在思虑

那里是否安全的去处

你一定急着

要快快赶去那里

—— 准备待产

人们恐惧　诅咒

你的冷血　冷色

还有古老的样子

完全忘记了

你对他们的好

他们丢了感恩

像你丢了尾巴

失去了情感的平衡

他们有了时尚

却像你落入洞穴
不知道已经深陷困窘
花哨变幻的追逐
越来越远
离他们本在的诉求

作为母亲
带着你腹中的孩子走吧
在母亲节的日子
请一并带走
我对繁殖的崇敬与祝福

哦！我的爱人

六月，南国北疆一路下来，对祖国飞速发展欣喜惊讶的同时，心中生出从未有过的对祖国的深深依恋。强大的国家、可爱的人民、古老的文化……多像我们深深眷恋的爱人！

在南国的海边
你一袭火红的衣裙
犹如一团燃烧的火焰
炙灼着我疲惫已久的身心

在北国的山下
你一身淡淡的绿裳
恰似沁人心肺的香茗
浸润我几近干涸的灵魂

在故国的宫殿

你一襟炫色的衣带

幻若天上下凡的神女

把我心底处的恋曲轻吟

在我脑海深处啊

你却是通体的白色

奇异的光与鲜活的型

是一个飘忽悸动的精灵

哦！我魂顾梦盼的爱人！

春天

你像海浪上的花朵

在汹涌的波涛中

舞动你迷人的身影

夏日

你像蓝天上的彩云

在微风中停下婀娜的脚步

为地上的行人遮阴

秋季

你像带着花香的夜雾

穿过夜读人的灯光

抚摸缀满思绪的窗棂

冬夜
你像悄悄飘落的瑞雪
面对世间的冷漠
倾心相伴不顾归程

哦！我生死相许的爱人！

我要用心在这柔润的纸上作画
描上生命的蓝图和梦想
提上无声的诺言
还要落下满怀的赤诚

我要张开有力的臂膀
把你紧紧地拥在胸口
用我的力量和智慧
留下属于我的生命印痕

我要用自己的生命
扑进你温暖的怀抱
吮吸你甘甜的乳汁
奉上我未眠的青春

哦！我血肉相连的爱人！

我的古桥
——古桥引发的爱情、真理、道的感觉

古桥沉睡水底
几百年外来的泥沙
把真实的你遮蔽
只留下依稀的意象
如同语言的巨浪裹挟真理
看去鱼龙混杂互有我你

厚厚的泥沙啊
缓缓地　不断地　不可抗拒
大漠流沙般
淹没我的古桥
就像不知不觉的时光
一寸一寸地侵蚀爱情
让它从鲜亮的华彩归于沉寂

我曾经雄浑的古桥
被覆了麻木的时光
还有阴阳不拘的混沌
沙水淹没光阴
淹没悲喜与本真
而我的古桥却泰然不争
自在禅坐于湖底

——水去沙沉的这天
我的石桥和爱将一起呈现
向知己　更向自己
展露陈酿了百年的微笑
恰似我在混沌语言中
偶见星星点点的真理
让我在漫漫的沙水里
一直苦苦搜寻
生命的真实寓意

我眼里的世界
——二〇一四年十二月二十一日与葡萄藤诗社几位诗友同吟对世界的看法

我以暮秋的斜阳
抚慰渐衰的秋草
由寂灭想象新生

你以初春的细雨
度量躁动的青春
浣涤朦胧的爱情

历史却沉脸迈着亘久的脚步
把野草和爱情一起收割
放进一个共同的宿命

我不想

我不想
让所有的黑眼睛
蒙翳
让外面的白色
成为
"内障"

夜深时

夜深时
与深夜一起失去知觉
失去观念与思考
失去梦想
甚至失去孤独与寂寥

心像星月一样
坦然而无知
无念
无为
仅存的呼吸中
是粘连着不同时空的
游丝般的气息

动物般的直觉里
是超光速的时空河流

留在沉睡的意识筛网里的
只有贝壳残片般破碎的信息
就像永远难以连贯的梦
在这些零星碎片中
我却猛然发现——
我灵魂那始终神秘的来去踪迹

普洱路上

初冬的季节里

你仍一袭夏日的衣装

白云下瑶台似的佤寨

深深嵌入青色大山的胸膛

满心欢喜的阳光抚慰着

神秘绰约的白墙灰瓦

缕缕悠然的细烟

像一支活化的神笔

把本来宁静的画面摇荡

山路蜿蜒

盘环在峻岭丛中

梯田层叠

绿瀑般挂在思绪两旁

山中秋水

静闪着不甘寂寞的粼粼清波

被唤作磨黑的古村落

竟是女神阿诗玛的故乡
哦
漫山遍野——
芭蕉树　茶园　咖啡园
知足常乐的人们
世世代代在这里繁衍成长
喝一杯古茶树陈年酽茶
便觉得清爽润滑口腹留香
听一曲拉祜族古老的民歌
禁不住忘情起舞心神激荡
徜徉在波浪起伏般的茶园里
茶花点缀着绿色叶片的海洋
浸润在沉静深厚的茶韵中
不觉间已融入天人合一的故乡
画中游客
不由得生出重重感慨
或者眼前是前世生活的故地
或者它本是未来归宿的梦想
心中默念着
留下来　留下来
这里该是今世余生的居所
这里该是灵魂最后的天堂

"四季"(组诗)

一、春天

亿万籽粒等待播种
土地期待最精壮的那颗
岂不正是
生命的天道

二、夏天

大地一样哺育供养
农夫一样浇水施肥
田里的秧苗
总有让人难以理解差异

三、秋天

有一家一户收割的
也可以合作收获
收成必将
与年份、季节有关

四、冬天

秸秆枯萎老去
种子准备新的轮回
生命不止
繁殖形式必将不同

滇 池（组诗）

茶

茶
普洱
云雾中
阶阶梯田
柔嫩的双手
采得千年夙愿

哈尼村寨

情歌
竹筒舞
草屋火塘
呲呲吊脚壶

牛腿琴低吟着
山神的亘古今生

元阳梯田

几千年
多少双手
"活"着的文物
与身后的春秋
云中哈尼民歌里
重重快乐还是痛苦

建水古桥

是桥是亭
夕阳如旧岁
路石踏光踢破
你默默千年等谁
惟柳丝儿轻抚水面
把你沐浴得玉影扰醉

思茅旱龟

国家公园里
不分昼夜昏睡

甲纹像层层梯田
不管阴阳东夏是非
以你这迟钝呆板映衬
哈尼姑娘们含春的黛眉

在一起的日子

在一起的日子
你是醉人的花朵
回到昔日思念深处
你是天边飘柔的白云
我愿像元阳山层层的田垄
让你刻下我这哈尼的日子

云南之南（组诗）

一、碧色寨

大山最深处

竟有一群法国村镇

百年米轨寸轨①

冒烟的小火车载着多少旧事故人

二、墨江

白云中阿诗玛的故乡

神秘的北回归线穿过

阿波罗的游移不定

让这里遍是双胎硕果②

---

① 两种比普通铁轨窄的小火车轨。
② 墨江有个双胞胎镇，比例世界有名，该镇每年有国际双胞胎节。

三、普洱

思茅松存着两倍的青春①
古茶、咖啡在云雾梯田中列阵
哈尼姑娘小伙的歌舞让人心醉
茅屋火塘边奏响着古牛腿琴

四、建水

朝阳楼、古桥、夫子庙
朱子宅院堂隐藏着多少情感往事
团山民居、元阳梯田
多少力量和智慧铸就了它们的历史

五、民族村

象牙一般的草芽②
幼蚕一样的竹虫③
紫薯、野山药、烤豆腐……
为什么八大菜系里没有滇厨

---

① 思茅松每年出两圈年轮发两次芽。
② 草芽是建水某地特产的根芽类蔬菜,白若象牙,口感远胜芦笋。
③ 竹虫,生长在竹子里的一种高蛋白寄生虫。

生活的轨迹
——矛盾的人生旅途

道路

你拉着孩子的手
回眸
泫然欲滴的是期待与眷恋
回家的路就在脚下
注定
没有办法改变

爱情

两双脚犹豫着走近
迟疑中显出相互的吸引
物雨情风

一柄伞下
它们结伴而行
相诉相闻

日 子

臂弯当作港湾
也曾努力播种希望
果实出乎意料
不甘与无奈两个孩子
都已经半大
终于难以舍弃

无 奈

蓦然回首
方知不能再从头
渐远的灯火阑珊处
仍摇着那只不舍的手
越来越浓的雾
将它锁成经世深愁

觉醒

城里城外都没有
期待中的完美
前缘早定
只进不退
或者沉入俗世　随波逐流
或者皈依天道　悟善修真

归真

快乐地迈入春日的晨曦
蜕去墨色沉重的壳皮
换一身觉悟的轻装
走入世俗风雨
为了幸福
奉献自己

桃花源（组诗）

一、现蕾（萌动）

谁知道绽开花朵
需要根的力气
夜尽黎明时
心里那喀喀声响

二、含苞（颜色）

象征生命的早晨
代表青春的特征
聚朝霞暮霭
萃合成夺目的嫣红

三、绽放（香味）

淡然、神秘、悠长
一如怀春女子的体香
那本是天地精气
经年累积一冬酝酿

四、盛开（生蜜）

敞开怀抱承接雨露
撒出香气招引蝴蝶
蜜蜂带走螯刺扎出的精血
让期盼的孕情"满怀"

五、陨落（衰败）

母亲从不畏惧衰老
使命总让人骄傲
小径铺满粉红希望的时候
梦想终于落幕

六、归宿（皈依）

年年"风助尘香"
岁岁痴"笑东风"
从未想把"春留住"
只想微笑伴随一程

七、爱（青春）

时光汇集心中的春彩
让那桃花盛开
又把一缕缕心思
编织成粉红色的爱

八、故乡（乡思）

东方西方
都把桃花源向往
平等、友爱、正义
才是人类的故乡

放 生(组诗)

一、翠鸟·理想

翅膀扇着颤动的希望
快乐开始自由飞翔
心中想的是金色的暮霭
身外依旧是古来的樊笼

二、蜗牛·现实

踽踽而行你在哭泣吗
一路"泪痕"便可印证
你带着"家室"孑然流浪
不卑不亢领受自己的命运

三、灵魂·超越

趟过名利亲情和爱情的激流
终于回头发现属于自己的生命
乐于"涂中"而超然自得
给亏欠良久的灵魂放生

春季的畅想

谁在春风中踟蹰
残雪里黄绿的嫩芽
利刃般刺向头顶的巨石
意欲冲破冬日的桎梏

桃、樱、杏、李的繁华
转瞬成为落红的溪流
春留不住　春留不住
童谣来自远去的布谷

情如廊前翩飞的春燕
心若漫天激荡的云霭
节气只不过是心的引信
生命引领着万物往复

人生本是环环相扣的链条

没有永恒不变的幸福

只要每一个过程能够圆满

零星的快乐就会积满期待的心湖

夏季里环顾

谁在夏日里"享受孤独"
月光下相拥的花儿无暇旁顾
即便路旁结了露珠的小草
也缀满了满足的音符

檐头的鸽子咕咕求偶
搜尽肠胃换取"吻"的幸福
鸳鸯溪湾共浴　天鹅默默颔首
晚霞中的世界在暧昧中沉浮

大雁　海鸥　灰鹤　斑鸠
翼下都孵着情感的"蛋"
到处都是寻觅与探求
又有谁见过猰㺄俯身痛哭①

---

① 猰㺄,《镜花缘》中的动物,传说它们终生相伴,一个先死,另一个守在一旁痛哭至死,决不偷生。

既然被孤独满怀拥抱
享受还是忍受
虽一字之差
却已是心灵的天堂地府

秋季的怀恋

有谁欢娱在成熟的秋天
忘记了它挽着衰颓的手
回转的风车上
可有往昔的荣华留驻

收获的季节
沉甸甸的梢头上
是双亲甘愿献出的
曾经年轻的生命

晶莹的秋水里
漂出颤动的灿星明月
渗入泥中土的汗水
可满意满坡的果蔬菽黍

完美的幸福
是生命的相互给予
恰如秋粟入囤般
从容踏实心满意足

温暖在冬季

谁沉迷于冬季的肃静
那只有黑暗的空间
万物的灵魂
在白色的壳里等待苏醒

寒风喧嚣的时刻
凄凄的草弦
是否吟唱着
生命曾经的乐曲

飞雪漫天的日子
粗糙的凉手
可曾遮护着
柔软脆弱的心灵

没有了争奇斗艳
生命终于可以
真诚地相互温暖
早已交叉盘结的根

彼 岸

当我思念爱人
我是此岸
彼岸便是爱情

当我追求理想
我是此岸
彼岸便是成功

当我向往幸福
我是此岸
彼岸就是快乐

当我寻找友谊
我是此岸
彼岸便是诚心

花开花落四季巡行
此岸是我
彼岸是你

当我们回头审视生命轨迹
才发现互为彼岸的我们
竟难分彼此地怀抱同一个情分

我见彼岸

你打开紫霭中的门
见我披满霞光手中的玫瑰
在你煦暖热情的眼神里
我看见了彼岸

你怀抱粉嘟嘟的婴儿
用丰腴的乳哺育孩子
在你圣母般的表情下
我看见了彼岸

你婀娜的身姿
在围裙中日显沉重
在你呵护子孙的慈颜中
我看见了彼岸

你牵着我满是寿斑皱纹的手
一起蹒跚在秋日的湖畔
在你遥视云天的平淡里
我又看见了彼岸

雪

对岸若是有情人
雪天不要等
河开了却怎么过
葡萄籽发芽
不一定非在春天
隐身在雪花里的女孩
会不经意间
翩翩来到你的眼前
给你一个雪季的四月天

第一缕晨曦
——新年第一天的早晨,生命过了甲子之期。欣慰感恩的同时又有些落寂。卸了谋生的重担,又揽起了写作的事由

不想说你象征着
我的新生
因为你总是
如约前来

不想对你的出现
心怀感激
因为你始终如一
从不给任何人特殊的关爱

而我还是会为
一个甲子的晨曦感动
并把它当作

我生命意义台阶

这种卸任的新鲜味道
这种超越了什么的兴奋
这种"够本儿"的解放感
足以让我欣然感慨

作为一种象征
你昭示着新的开始
作为一种预示
你督促着生命"从头再来"

"随心所欲"的后缀
是不能"逾矩"
春蚕丝尽的时候
自会"春暖花开"

我不屑
纯粹消费的清福
把那视作社会的累赘
和良心的懈怠

我自忖
余生还要积极进取
不断老有所为

才有满意的未来

此时
我想向晨曦默默许愿
用我低沉的祈祷
俸给漫天重叠的紫霭

把心愿写在云端
成为不褪色的提示
戒除我的懒惰
鞭策我进取不怠

或者让那些愿望
在我心里慢慢发酵
酿成拳拳的文字
留给子孙后代

不怕走近衰老
乐观承担义务
活着有用
才是对生命最好的交代

日升日隐
花开花落
生命留下的
该是不违使命的情怀

那天我懂了爱情
——献给情人节里的你

那天
我觉得我懂了爱情
第一次有了
令人难忘的牵手
急促的呼吸
滚烫的面颊
咽不完的涎水
濡湿的唇
我发誓要把一生
全都给你
打碎两个肉体
重铸一个生命
从此相亲相爱
永不离分

那天

我觉得真的懂了爱情

不是索取

而是无私的奉献

让心爱的人

自由飞翔

展翅在最适合他（她）的天空

而自己

却在阳光下的阴影里

按住流血的伤口

忍下撕裂的疼痛

微笑着招手

为深爱的人送行

紧紧咬住深陷齿痕的嘴唇

那天

我把爱情

融化于无形

不论索取不讲付出

只有生命直觉里

那莫名的亲近

这亲近在世俗的海洋里

遵循波涛潮涌的规律

沉浮起落

行止退进

面前有理性的沙滩
也有感性的礁群
答案和结局早已确定
只看人们选择怎样的命运

规　律

溪岸是温暖的
可溪水总要流动
铁轨也有情谊
但轮子必然前行

年年花开花落
岁岁草枯绿兴
伤怀处多少梦想生活
都挣不脱命运

清明这天

春天里
你放火烧荒
在这每个人心里
都有一蓬干草的季节
月亮当顶
足够暧昧
却一点不圆
我几乎看不见自己的影子
你站在风的上首
面对快要融化的我
试图教会我正确的姿势
对，就是这样
还差一点就是最好的高潮
我说我没有柴火
你说柴火就在你自己手里
见我茫然

你用手在草丛里捯起一些
示范给我看

火的信子
借着春的势头
舔着想舔又舔得到的
土地的沟沟坎坎
于是大地被浓烟遮蔽
随即传来燃烧中的
哔哔噗噗的呼号
唏唏哗哗的呻吟
你说　很好
然后铲些火种
去点燃别处

很多火堆同时燃烧
你像孩子一样
忙碌其间
乐此不疲
偶尔回头笑笑
向火里丢一些土豆
远远地说　这就是
我们明天的食粮
我呆呆地面对衰败的火
手足无措

不知道该不该加柴

况且你在远处

我没有柴火

清明这天没雨

我们来收获过去的日子

土豆委顿地隐藏在

火的尸体里

一点燃烧的影子都不见

我问

这就是我们的结果

你不甘地点头

眼睛幽深地望着别处

随你望去

碧绿的草地上

斑斑黑渍

就像踉跄爱情的足迹

那些散落的土豆

无奈而寂寞

完全忘记了

原来的希望和理想

在你发呆远思的时候

我却兴致盎然

到火的灰烬里

寻找未来的生活

怀念尾巴

一组图片展示
人的
完全发育过程
—— 从卵到蝌蚪
再到四脚兽
—— 最终成人

眼睛早就有了
还有嘴
后来才陆续有了
前肢　后肢
耳朵鼻子和额头

我们的尾巴呢
为什么没有了尾巴
那本来是我们

在水中的动能中枢
又是平衡重心的"舵手"

或许
因为有了后肢
——我们的腿
取代了我们
尾巴的动能
或许
尾巴是我们的
传感器
——我们的直觉中心
伴随它衰落的
是我们
生命的纯真

从我们学会制陶
就失去了
感知灾害的本领
当我们学会了交换
便没有了
生命信息的交融

或许
或许我们可怜的尾巴

带走了
人类最本真的灵性
只给我们留下
没有尾巴的生命